DOMAINE DU POSSIBLE

La crise profonde que connaissent nos sociétés est patente. Dérèglement écologique, exclusion sociale, exploitation sans limites des ressources naturelles, recherche acharnée et déshumanisante du profit, creusement des inégalités sont au cœur des problématiques contemporaines.

Or, partout dans le monde, des hommes et des femmes s'organisent autour d'initiatives originales et innovantes, en vue d'apporter des perspectives nouvelles pour l'avenir. Des solutions existent, des propositions inédites voient le jour aux quatre coins de la planète, souvent à une petite échelle, mais toujours dans le but d'initier un véritable mouvement de transformation des sociétés.

LE MAIRE QUI AIMAIT LES ARBRES

Crédits de citation :
p. 7, Jean Giono, préambule de *L'Homme qui plantait des arbres*, © Éditions Gallimard.

ISBN 978-2-330-08451-6
www.actes-sud.fr

JEAN CHALENDAS

LE MAIRE QUI AIMAIT LES ARBRES

NOUVELLE

DOMAINE DU POSSIBLE
ACTES SUD

Pour que le caractère d'un être humain dévoile des qualités vraiment exceptionnelles, il faut avoir la bonne fortune de pouvoir observer son action pendant de longues années. Si cette action est dépouillée de tout égoïsme, si l'idée qui la dirige est d'une générosité sans exemple, s'il est absolument certain qu'elle n'a cherché de récompense nulle part et qu'au surplus elle ait laissé sur le monde des marques visibles, on est alors, sans risque d'erreurs, devant un caractère inoubliable.

JEAN GIONO,
L'Homme qui plantait
des arbres, 1953.

Ma vieille voiture avait fini par me lâcher.

Maudissant l'inspiration qui m'avait conduit à prendre la route qui suit le Grand-Rhône, je la poussai, avec beaucoup de peine, sur le bas-côté, et résolus de retourner vers la ville que je venais de traverser, pour chercher une dépanneuse et un mécanicien. J'avais dix kilomètres à parcourir, la journée tirait à sa fin et tous les moustiques de la Camargue avaient résolu de me vider de mon sang.

Par chance, mon pouce levé fit arrêter la deuxième voiture qui me dépassa.

Au volant, un homme souriant dans un nuage de fumée de cigarette, chemise blanche et cravate, au début de la maturité, me questionna dès que je fus installé sur les circonstances qui m'amenaient à l'endroit où je me trouvais.

Habitué par mon jeune âge à m'ouvrir facilement, je ne lui fis aucun mystère de ce qui me préoccupait et, l'émotion me gagnant à mesure que je formulais l'enchaînement funeste des conséquences de la panne, j'avais les yeux brillants de larmes contenues lorsque nous atteignîmes l'entrée de la ville.

Mes vacances, pourtant méritées après la réussite de mes examens, puis presque deux mois de travail sur des chantiers, étaient fichues, et j'allais devoir retourner sur les bancs de l'université sans que me soit accordée l'oasis d'un voyage et d'un séjour tant espérés.

Sans que j'en aie vraiment pris conscience, nous avions atteint le centre de la ville et, l'homme ayant fait abaisser, par une carte glissée, des bornes automatisées, il avait garé son automobile devant l'hôtel de ville, joli bâtiment classique, sur une grande place vide.

Il m'invita à le suivre à l'intérieur, ce que je fis jusqu'à pénétrer dans une pièce impressionnante, où des plaques de cuivre fixées aux hautes portes annonçaient qu'il s'agissait du "bureau de M. le Maire". L'encombrement de dossiers posés sur des tables, des chaises, au sol, les cendriers débordants ne parvenaient pas à amoindrir la solennité que lui conféraient ses dimensions et sa décoration.

Il empoigna le téléphone et, de sa voix basse et voilée par le tabac, envoya pendant un temps assez long des messages brefs, raccrochant d'un doigt pour demander un autre numéro. Je ne comprenais pas tout, mais saisis toutefois que certains de ces messages concernaient mon problème.

Se levant, il m'annonça que je n'aurais pas à me préoccuper de mon véhicule jusqu'au lendemain, et qu'il me proposait de me retenir au dîner et de m'héberger pour la nuit.

Un peu inquiet sur les motifs d'une telle générosité, je calculai néanmoins que je n'avais guère les moyens de faire le difficile, ne pouvant ajouter au prix du dépannage et de la réparation celui d'une nuit d'hôtel et d'un repas, même frugal.

Je fus rassuré par la position de l'homme, qui donnait, en vrai politique, une poignée de main tous les cinq pas, et semblait connaître tout de chacun. La plupart de ceux que nous croisions le tutoyaient, et l'appelaient par son prénom.

Reprenant la voiture, nous sortîmes à peine de la ville, pour nous arrêter devant une maison simple et basse, au milieu d'un grand jardin, presque un parc, en grand désordre.

Ma voiture était garée dans un élargissement de l'allée, ce qui me rassura, car j'avais, sans oser m'en ouvrir à mon hôte, l'inquiétude de la retrouver sans roues ou déshabillée le lendemain matin. J'étais, d'autre part, intrigué car j'avais conservé sur moi les clés de contact.

Il me présenta sa compagne, qui me fit bon accueil.

Ils me parlèrent longuement de leur fille, lycéenne partie en vacances, regrettant que nous n'ayons pu nous rencontrer. À leur table, m'expliquèrent-ils, étaient souvent conviés des inconnus amenés là par les fonctions qu'ils occupaient, avec qui l'adolescente n'avait rien en commun.

Le repas, simple et frais, provenait, me dit-on, du potager que devaient dissimuler arbres et taillis, au fond du grand jardin.

Nous desservîmes ensemble la table puis sa femme, lasse, s'étant retirée, il me proposa un cognac que j'acceptai de grand cœur, à titre de compensation des émotions du jour.

Nous passâmes alors dans une petite pièce contiguë au salon à forte odeur de tabac froid, aux murs tapissés de plans et de cartes, où les dossiers et chemises s'empilaient plus haut encore que dans son bureau de la mairie.

Il m'interrogea sur ma famille, mes amis, mes études, mes projets. Je lui répondis d'autant plus aisément que l'alcool troublait rapidement mon esprit, la fatigue de la journée y aidant.

Il s'était absenté un moment, et j'avais consacré ce temps à observer les cartes punaisées aux murs. À son retour, je l'interrogeai sur la signification des croquis manuels qui avaient été tracés sur les fonds de plan imprimés de la ville.

Plantant ses yeux dans les miens, il me considéra alors pendant un long moment de manière peu amicale, presque hostile.

J'étais prêt à m'excuser – sans bien savoir de quoi – lorsque son sourire revint brusquement à ses lèvres, et son regard retrouva sa bienveillance.

Glacé par ce changement d'attitude que je ne m'expliquais pas, je me lançai alors dans une justification embrouillée de ce qui ne m'avait pas semblé être une indiscrétion. Ma formation en biologie, arguai-je, m'avait permis de reconnaître sur les plans des repérages d'essences qui semblaient plus appartenir à une carte de la flore locale qu'à un plan d'urbanisme. Je lui proposai de travailler avec lui sur ce que je croyais être une proposition du service des espaces verts de la ville.

Il me répondit, très aimablement cette fois, que c'était là son affaire et qu'il s'en sortirait *a priori* tout seul.

Sur ce, il proposa de me montrer la chambre qu'il me destinait, ajoutant qu'il nous faudrait nous lever tôt le lendemain, indiquant ainsi clairement qu'il était temps que je me retire.

Un mur de la chambre était couvert de rayonnages chargés de livres, j'en choisis trois pour les parcourir mais, à peine allongé, la force me manqua pour en ouvrir un seul, si grand était mon épuisement.

Au moment de fermer les yeux, je compris que la seule lumière qui trouait l'obscurité provenait de la pièce que je venais de quitter, dans laquelle s'attardait mon hôte. J'eus la vision, qui était déjà faite de l'étoffe d'un rêve, que, comme un stratège la veille d'une bataille, c'était sur ses cartes qu'il était penché.

Levé dès le jour établi, comme convenu, je le trouvai lavé et rasé dans la cuisine, déjà fumant. Il me dit qu'un ami à lui passerait voir ma voiture dans la journée et qu'à son avis, le mieux serait pour moi de l'accompagner en ville, et de consacrer ma journée à la découvrir.

Ravi de pouvoir déléguer un problème que je ne savais résoudre, j'acceptai immédiatement le délai de grâce offert. Nous nous retrouverions en fin de journée, ajouta-t-il, et je pourrais dormir de nouveau chez lui.

La visite de cette si belle ville fut un enchantement, chaque époque y ayant laissé son lot de merveilles. Un joyau architectural, mais aussi une vraie ville, ni trop grande, ni trop petite, dont le grand nombre de visiteurs ne parvenait pas à abolir la personnalité.

C'est encore émerveillé que je retrouvai le maire, et que je lui fis part de mon émotion. Il se contenta de sourire sereinement.

Sur le chemin qui nous ramenait chez lui, il commença à répondre à mon observation : que je ne me fasse aucune illusion, posséder de tels trésors était, pour une ville, autant une chance inouïe qu'une lourde charge. Son mandat lui donnait le devoir de protéger la beauté contre la bêtise, l'ignorance, la cupidité ; de faire tous les jours en sorte d'éviter que le monde ne se défasse.

Passant devant ma voiture, je l'interrogeai : le mécanicien avait-il pu venir et avait-il donné ses conclusions quant à la panne ?

Il m'annonça alors, sans me regarder, que mon véhicule était en état de reprendre son voyage. Il ajouta que je lui devais ce que cette réparation lui avait coûté, c'est-à-dire : rien. La pièce d'occasion avait été prélevée sur une épave dont disposait le mécanicien, vieil ami qui ne lui demandait en compensation de sa peine qu'une vingtaine d'abricots du jardin.

L'excellente nouvelle me rendit d'abord muet, puis m'obligea à bredouiller des remerciements empêtrés, ne sachant comment répondre à une générosité si discrète.

Il me sauva du ridicule en coupant court à mon action de grâces, affirmant qu'il considérerait comme fort discourtois que je reprisse la route dès ce soir, d'autant qu'il avait le projet d'accompagner des tagliatelles de bonne origine, pour le repas, de sa fameuse sauce au basilic. Sa compagne serait absente, et il était inconcevable qu'un tel plat puisse être tristement avalé en solitaire. Cette sauce constituant un patrimoine culturel de sa famille italienne, il prendrait comme un affront collectif à ses ancêtres une désertion de ma part.

La question ne pouvant donc pas être mise en balance, il me demanda une demi-heure pour préparer, afin de pouvoir ensuite prendre l'apéritif sans arrière-pensée.

Assis devant un verre, je lui posai la question qui me taraudait : j'étais retourné voir les cartes affichées, et n'avais pu en saisir l'usage.

Il me répondit qu'elles représentaient son projet pour la ville, son rêve pour son avenir. Son ton se fit plus bas, nous entrions en confidence.

Il évoqua le lendemain d'une élection, dont il était sorti victorieux.

Quand, pour la première fois depuis des jours, il se trouva seul, une question vint l'obséder : à quoi bon ? Quel regard le jeune homme qu'il avait été porterait-il sur l'homme qu'il était désormais ? Savait-il encore où le menait cette nouvelle victoire ?

Il avait toujours été communiste, même adolescent, même lorsqu'il était de bon ton de s'afficher gauchiste. Entré aux Jeunesses communistes aussi tôt que possible, il se dévoua au Parti comme on s'offre à Dieu.

Son parcours universitaire, il le choisit pour accomplir son grand dessein : devenir un homme politique, qui servirait le peuple, tout le peuple, s'attachant aux faibles, aux démunis.

Connaissant – presque, sourit-il – tous les habitants de sa ville natale, sachant (presque) tout d'eux, il parvint, à l'approche de la maturité, à s'en faire enfin élire maire alors que l'étiquette sous laquelle il se présentait se dévaluait, se décolorait.

Mais, dans sa ville, on ne votait pas communiste, on votait pour lui, lui qu'on désignait familièrement par son prénom. Il savait que ses qualités d'attention aux autres et sa puissance de travail faisaient bien plus pour son élection qu'une réelle sympathie pour son parti de tutelle.

Il interrompit là le récit, les tagliatelles étaient cuites, il n'était pas question de les gâcher, ou seulement de les engloutir sans nous en rendre compte, poussés à la distraction par le vin bu. Il réclamait pour son œuvre une attention totale.

Je n'eus aucun mal à la lui accorder : le plat était délicieux, il aurait pu rassasier quatre personnes et nous n'en laissâmes rien.

Malgré la douceur de l'air, la terrasse était impraticable, les moustiques y régnant en maîtres jusqu'aux heures du milieu de la nuit. C'est donc à nouveau dans le bureau aux cartes que reprit le fil du discours.

Il revint aux lendemains d'élection qui lui avaient fait connaître le doute.

Il avait alors pris conscience que, pas une fois au cours de cette nouvelle campagne, il ne s'était posé la question de savoir s'il était le meilleur candidat pour le bénéfice de ses électeurs. Il voulait seulement être réélu.

Tentant alors de se raccrocher aux valeurs qui avaient toujours été les siennes, il dut convenir que, désormais, il doutait du fait que la détresse matérielle fût celle qui était la plus digne de pitié, en France et à l'aube du XXIe siècle tout du moins.

Cette question, qui sapait les bases mêmes de ses convictions, le plongeait en plein désarroi. On le vit souvent alors arpenter la ville à pied, s'arrêtant pour observer, réfléchissant.

Un soir, alors qu'il quittait un quartier périphérique dont il avait rencontré des habitants, sur les thèmes récurrents insécurité-propreté-services, il se retourna pour deviner ce qui, dans cette

ZUP des années 1970, avait si mal tourné pour que tous ses habitants ne résident là qu'à défaut d'une meilleure solution. Il se rappela son adolescence, les immeubles pimpants, la population mixte, un modèle de ville moderne que la municipalité de l'époque – déjà communiste – avait fait édifier avec l'aide d'architectes prestigieux. On aimait habiter là, à l'époque, si bien que toutes les demandes n'avaient pu être satisfaites.

Les immeubles avaient pourtant peu changé, l'entretien avait été continu et efficace ; il flottait pourtant là, maintenant, un parfum de misère, de vie subie. Pourquoi ?

Sa pensée ne pouvait glisser vers d'autres thèmes, revenant sans cesse à cette question, avec l'intuition qu'il tiendrait, à y répondre, la clé de nombreux mystères.

Soudain, en intrusion dans son esprit, une image du paysage de l'époque s'imposa à lui avec une netteté de cliché, se superposant exactement au point de vue qu'il avait sur le quartier.

Les arbres.

Ce qui avait disparu du paysage, sabordant la qualité de la réalisation, c'étaient les arbres.

Les architectes d'alors, avec l'ambition d'installer leur ville à la campagne, avaient pris grand soin d'épargner autant d'arbres que possible lors de la construction. Ils avaient donc conservé beaucoup de ces grandes haies coupe-vent qui abritaient les champs d'avant les maisons, complétées par des plantations d'autres essences moins verticales, qui donnaient l'illusion de la présence d'un parc et empêchaient la perception d'emblée de l'ensemble immobilier.

Il restait bien maintenant, çà et là, quelques individus qui tentaient de faire nombre, la plupart parvenant en fin de vie, mais les grandes haies, abattues ou amoindries, ne formaient plus la base de cette composition.

La vision d'ensemble, incomprise des successeurs, n'avait pas survécu à ces disparitions. On avait même tenté de replanter quelques micocouliers, là où s'établissait autrefois un alignement majestueux, sans résultat convaincant.

Pires que tout étaient les misérables plantations, arbustes étiques ou pelouses défoncées par les automobiles, que s'acharnaient à maintenir en vie des jardiniers promus au rang d'éboueurs. Même les alignements qui bordaient les immeubles à leur construction étaient lacunaires : certains arbres, coupés, n'avaient pas été remplacés, et l'espace, immédiatement occupé par les voitures, avait reçu un revêtement de goudron.

Ce fut là une révélation : il fallait qu'il soit celui qui restaurerait l'entité perdue.

Il entrevit alors l'amorce de la voie qu'il pourrait faire sienne : ne pas se contenter de restituer, devenir un artisan de l'harmonie.

Les idées l'assaillirent en grappes, comme si elles avaient attendu, sous pression, que quelqu'un entrouvre la porte qui les maintenait loin de son esprit.

Jamais inélégant, l'arbre s'impose sans avoir à convaincre.

Évident, consensuel, indispensable, il était une ambition culturelle sublime à la portée du plus humble, du moins éduqué.

Un maire qui affirmerait avoir planté des arbres ne ferait sourire personne.

Dès le lendemain, il convoqua dans son bureau le responsable du service des espaces verts, à qui il pensait inoculer en quelques mots l'enthousiasme qui l'avait lui-même saisi à retrouver la belle idée.

Le fonctionnaire avait-il tué en lui le jardinier ? Le bonhomme ergota, lui parla de moyens supplémentaires, de parc de véhicules vieillissant, de système d'arrosage cassé, de budget, de notes d'eau.

Le maire parla de beauté, d'art de vivre, de véritables mesures de justice sociale. On lui opposa le problème des contremaîtres dépressifs.

Le soir même, l'animal politique avait repris le dessus : sentant qu'il n'obtiendrait rien par ce moyen, il griffonna lui-même sa première carte, d'après ses souvenirs.

Il demanda qu'on étudie sur-le-champ le coût de ce qu'il avait projeté.

Le chef de service déploya, évidemment dubitatif, un plan froissé, surchargé de zones hachurées, de commentaires, de renvois sur les marges de textes, auquel personne ne pouvait rien comprendre.

Le succès était douteux, certes, mais la méthode était trouvée. Les tirages sur papier de grand format commencèrent à couvrir les murs du bureau où, tous les soirs, il accumulait les connaissances sur les arbres, puis cherchait à les employer en place.

Parti du constat que la misère avançait chaque fois que l'arbre en ville disparaissait, il ne tarda pas à remarquer qu'il était aussi utile à relier les hommes.

La fin d'un alignement d'arbres le long d'une voie signifiait la fin de la cité, le début de la banlieue, de la ville en trop. La chose était encore plus évidente dans ces avenues méridionales où l'ombre absente signifie le trajet pénible, où seuls se traînent les trop pauvres, qui ne peuvent faire autrement.

Il s'intéressa alors aux mails de la ville, malmenés et incomplets. Les arbres, évincés pour une station-service disparue, pour un commerce oublié, n'avaient jamais été replantés.

Les hachures représentant les zones à boiser sur les cartes furent peu à peu remplacées par les implantations individuelles, où figurait l'indication de l'essence à employer.

Il saisit vite que ses intuitions et sa bonne volonté ne pourraient suffire, et qu'était présent le danger de transformer son grand dessein en foule de petites actions disparates. Il cherchait maintenant à s'adjoindre les services d'un paysagiste qui saurait conserver le cap, quelles que soient les tempêtes qu'aurait à essuyer le projet.

Voilà où en était mon hôte, en ce soir d'été.

Un très petit nombre d'actions concrètes avait été menées, seules avaient avancé les études et les planifications.

J'avais bien compris, après ma visite de la ville, que les frondaisons prévues n'existaient que dans l'esprit du maire.

Je comprenais aussi pourquoi il n'avait pas désiré m'éclairer la veille : la réponse à ma naïve question était bien complexe, et supposait qu'il m'accorde, sur sa simple intuition de l'avenir de notre relation, une confiance complète.

Il me confia encore qu'il avait demandé, en politicien roué, que l'on prît des clichés de tous les lieux où il projetait des plantations, afin que se conserve la mémoire du point de départ, sachant à quel point un endroit planté devenait vite naturel, et semblait avoir toujours ainsi existé.

Il se tut là, comme épuisé, me laissant le sentiment gênant d'avoir trop aperçu de l'intimité de cet homme que tant de gens pensaient connaître, et qui me choisissait maintenant comme confident, sans que je comprenne bien pourquoi.

Et ce fut lui, encore, qui rompit le silence qui s'était établi, trouvant la force d'utiliser un ton enjoué pour proposer que nous prenions maintenant du repos. Ma fatigue, tout à coup, m'apparut immense, impérieuse, enivrante, et je ne saurais aujourd'hui retrouver le moindre souvenir qui aurait précédé mon réveil dans le soleil inondant ma chambre-bibliothèque.

Mon enthousiasme à reprendre mes vacances là où je les avais laissées fut si fort, sitôt levé, que je remerciai à peine mon hôte – mon bienfaiteur – tant était grande ma hâte de me retrouver sur la route, de me rapprocher des délices que j'avais anticipées, de rejoindre la jeune femme, surtout, pour laquelle languissait tout mon être.

À la fin de l'année, profitant de la période des vœux, j'envoyai au maire une longue lettre pleine de gratitude, racontant tout ce que les bontés qu'il avait eues pour moi avaient rendu possible. Un peu piteux d'avoir laissé en suspens la complicité naissante entre nous, je voulais éviter de donner l'idée que je méprisais une amitié où je recevais bien plus que je n'avais à offrir.

Une courte réponse, presque sèche, m'indiqua qu'il ne serait tenu aucun compte d'un récit qui ne se déroulât dans sa maison, autour d'un verre et d'un repas. J'étais convoqué – c'était le terme – à un séjour chez lui, à mes dates, seul ou accompagné.

C'est ainsi que furent initiées les visites régulières que je lui ferais à son mazet, pendant près de quarante ans.

Il avait fallu près de deux ans avant que je ne revinsse sur les lieux de notre rencontre.

Il m'attendait sur la terrasse, cigarette au bout des doigts et téléphone sur l'oreille. À peine avions-nous fait les quelques mètres séparant la voiture de l'entrée de la maison que nous avions retrouvé le sujet de conversation favori, presque unique, qui hanterait toutes nos discussions : les arbres, ou plutôt : l'Arbre.

Il me rappela la nécessité qui s'imposait à lui de se faire aider par un technicien compétent, qui partagerait son enthousiasme. Il m'annonça dans la même foulée qu'il pensait avoir trouvé la personne qu'il cherchait : une paysagiste qui connaissait tout des arbres et des jardins, qui avait pour mission d'inventorier les espaces dans la ville pouvant gagner ou retrouver une qualité.

Ils en avaient dénombré, rien que dans le centre ancien, près d'une centaine. Leur détection avait été simple : sur une photo aérienne, trouver les surfaces dévolues au stationnement des voitures.

Tout ce qui aurait pu donner un peu d'aise aux humains, dans cette ville à la trame dense, avait été abandonné à l'automobile. Plus de chaises de mémés, plus de marelles de petites filles, plus de vélos de gamins couchés par terre. Les apéros de voisins confinés dans les maisons, les boulistes déportés au boulodrome.

La paysagiste avait été chargée d'inventorier tous les arbres manquants sur les mails, de les porter sur un plan, avec indication de l'essence à planter.

Il avait embauché cette femme après lui avoir confié une étude sur le quartier où avait eu lieu sa première révélation. Le maire avait été conquis par sa compréhension immédiate de ce qui y manquait, mais aussi par le temps long qu'elle prit pour imaginer une suite venant compléter le projet initial.

Subtilement, elle avait repris les volontés des anciens architectes, en les prolongeant : le quartier serait, à terme, vraiment boisé, suivant une trame où la taille des arbres adultes était évaluée pour former un couvert végétal continu sans qu'ils viennent, pour avoir été plantés trop serrés, à se gêner mutuellement.

Elle avait été, par ailleurs, la meilleure des ambassadrices du projet. On l'avait vue, des semaines durant, par tous les temps, déplier et griffonner ses plans, prendre des photos, rester assise sur l'herbe mouillée d'un terre-plein, tête penchée, le menton dans la main.

Sa silhouette menue, les longues boucles brunes qui couvraient son visage, jusqu'à la vieille bicyclette qui l'accompagnait partout devinrent familières aux habitants du quartier. Intrigués, ils étaient venus l'interroger. Chaque fois, elle avait tout expliqué avec enthousiasme : avant, maintenant, puis après.

Et, de toute évidence, cette méthode de communication était, de loin, la meilleure, car tout le quartier savait, et attendait de voir la renaissance de sa partie de la ville.

Un sourire se dessina sur les lèvres de l'édile : les plantations avaient commencé.

Le quartier retrouvait ses grands alignements de peupliers d'Italie, à l'emplacement même où ils avaient existé, et c'est presque deux cents arbres qui étaient venus compléter les plantations le long des boulevards.

Il me confia qu'il ne pouvait s'empêcher de suivre de très près ces travaux, à la surprise des ouvriers, hésitant entre fierté et vague inquiétude à se trouver ainsi sous le regard du maire, ne comprenant pas bien pourquoi ce travail pour eux banal pouvait à ce point l'intéresser.

Je ne pus, avant la fin de ce séjour, m'exempter d'une visite sur place de toutes les nouvelles plantations, laquelle me permit de relativiser leur impact sur le paysage. Les très jeunes arbres n'avaient de réelle ampleur que dans l'esprit visionnaire de l'élu.

Mais déjà les habitants du quartier avaient perdu l'habitude de garer leurs voitures dans les espaces verts.

Il semblait que, dès lors, le projet soit près d'atteindre son public.

Ces premières retrouvailles allaient déterminer le rythme inchangé de chacune de nos rencontres.

Chaque année, je reviendrais, et il me recevrait chez lui, souvent délicieux et attentif, quelquefois distrait et irritable.

J'aimais ces rendez-vous, où j'étais chaleureusement reçu dans le mazet au jardin fouillis par sa compagne et leur fille, que j'avais enfin rencontrée. Mais rien n'importait autant que de parler des arbres, et des stratégies qu'il avait imaginées pour en planter.

Je fus le témoin privilégié, le dépositaire du dessein secret de ce qui s'imposa graduellement comme la nouvelle image de cette ville, quoiqu'elle possédât déjà une identité forte, voire plusieurs identités superposées par les époques empilées.

Le lendemain de nos soirées, il me faisait faire le tour de toutes ses réalisations récentes dès les premières heures de la matinée. Cette promenade, limitée à une dizaine de minutes lors de la séance inaugurale, dépasserait la demi-journée quinze ans plus tard, car il lui semblait aussi important de m'exhiber les nouveautés que de me faire constater la croissance des plantations plus anciennes.

Je ne crois pas qu'il eut, pendant toutes ces années, un autre complice que moi à qui il exposât ses motivations profondes et ses buts ultimes. Je ne sais, encore aujourd'hui, expliquer les raisons de ce choix. Mes convictions, ma formation et, je l'espère, un réel intérêt pour ma manière d'être et d'agir ont dû, tout ensemble, concourir à son choix. Il n'est pas impossible aussi, puisque je n'étais ni originaire ni résident de sa ville, qu'il se soit senti avec moi plus libre.

Plus simplement, j'ai le sentiment que je m'étais trouvé, tel que je fus, au bon moment dans sa vie, c'est-à-dire à l'articulation de son projet.

La relation avec la paysagiste dont il s'était assuré la collaboration n'était pas de la même nature. Cette femme discrète et douce, à la parole mesurée, fut l'ange gardien de son projet. Elle l'aida à comprendre le but qu'il poursuivait et lui enseigna la manière de le matérialiser.

Il avait eu la tentation d'utiliser le plus grand nombre possible d'essences. Il aurait fait de la ville un arboretum si elle n'avait été là pour lui souffler que la Nature n'avait nul besoin de battre des records. Il trouverait, dans les essences locales, un choix vaste d'arbres robustes, d'un entretien facile, qui contenaient autant de génie et ouvraient autant de possibilités que des curiosités botaniques arrachées à des forêts lointaines.

Pas de feuillages rouges ou panachés, pas de floraisons enchanteresses.

Platanes et micocouliers, tilleuls et sophoras, peupliers et robiniers.

Pas de poudre aux yeux, aucun clinquant, que du simple, du franc et de l'honnête pour constituer la troupe qui irait combattre dans les rues de la ville le soleil d'été trop ardent.

Ce fut elle qui lui suggéra de commencer son canevas feuillu par la restauration patiente et obstinée des mails centenaires des boulevards.

Il chargea un des jardiniers – chez qui l'amorce du dessein avait réveillé l'instinct – de tracer, sur plan comme sur le bitume, l'emplacement de chaque arbre manquant. Tout jeune au début de l'aventure, il incarnerait pendant des décennies cette reconquête, bataillant, rusant, négociant parfois pendant des mois pour replanter un seul arbre. Il rafraîchissait deux fois par an l'emplacement de chaque individu manquant, tracé à même le bitume à la peinture orange, jusqu'à ce qu'ait lieu la plantation.

La paysagiste, encore elle, lui ouvrit les yeux sur les caricatures de la Nature qui encombraient la ville. Ronds-points théâtralisés, potées fleuries, géraniums suspendus, bacs à fleurs, bribes de pelouses anglaises, lambeaux de jardins sans allure et sans âme, topiaires informes et souffreteuses, massifs minables. L'énergie des jardiniers employés par la ville se dissipait en pure perte et à grands frais, à tenter de garder un semblant d'esthétique à ce puzzle râpé et incomplet.

Elle l'emmena, pour cela, dans des havres de fraîcheur au plus fort des chaleurs de l'été, le traîna au bord de l'étang du Vaccarès un jour de mistral hurlant, en plein hiver.

Elle lui montra qu'il existe pour chaque climat, chaque région, un sens du jardin qui répond aux besoins de l'Homme. Qu'il faut, pour cela, inviter la Nature et l'apprivoiser ; pas la contraindre et l'incarcérer. Qu'il était bon que Riquewihr existât en Alsace, et Le Mont-Saint-Michel en Normandie, mais qu'il était vain de tenter d'importer – comme on ramène d'une excursion un souvenir – la profusion florale de l'un, les pelouses de l'autre. Le génie du jardin ne supportait pas le voyage.

Elle lui apprit aussi à se méfier de la lumière, c'est-à-dire qu'elle lui réapprit à se délecter de l'ombre.

Depuis *la nuit des temps*, ou au moins depuis le Néolithique, l'ombre a accompagné le loisir des hommes. Le travailleur harassé rentrait chez lui, après sa journée de travail, rejoignant l'ombre fraîche de la ville l'été, l'ombre tiède du foyer l'hiver. Le repas de midi se prenait en lisière du champ, à l'ombre de la haie brise-vent ; le repas du dimanche sous la tonnelle, et le pastis sous le platane. Où mieux faire la sieste que sous le tilleul, où mieux faire l'amour que derrière les persiennes closes ?

Notre époque, dans son horreur de la nuit qui lui évoquait le tombeau, avait tout oublié des délices de l'ombre et de la fraîcheur.

Se servant du réseau de places et de placettes de la vieille ville, mais aussi de ses rues aux endroits où elles étaient larges, la paysagiste organisa un maillage d'espaces ombragés exclusivement par des arbres aux feuilles caduques.

Ainsi ce qui, en été, pouvait être un itinéraire rafraîchissant ou une invitation à aller lire en bas de chez soi, ou à rester parler avec ses voisins, était l'hiver rendu à la lumière biaise du soleil, qui pénétrait alors profondément dans les maisons où l'on s'était réfugié.

Sans que son organisatrice puisse définir si ce treillis avait déjà existé dans l'histoire de la ville, il s'avéra que la répartition de ces espaces était d'une telle régularité qu'elle semblait avoir été menée par une volonté concertée. La densité de l'ombrage était curieusement la même dans les parties médiévales de la cité et dans les reconstructions d'après-guerre.

La conséquence du projet était que diminuait le nombre de places de stationnement en ville, rendant ainsi le trajet des piétons et des cyclistes plus aisé et agréable. Un automobiliste, à abandonner son véhicule, gagnait maintenant du temps, et s'épargnait les aigreurs du trajet difficile.

C'est au sujet de ces places que se firent jour les premières polémiques déclarées, qui contraignirent le maire à prendre une position claire.

Ça avait fini par se voir.

Malgré l'absence d'une annonce politique, lorsque les automobilistes remarquèrent qu'ils disposaient de moins d'espace dans le centre de la ville pour abandonner sur le domaine public leur cher véhicule, leur grognerie se mua en contestation, laquelle parvint à trouver quelque écho dans la presse locale.

Tout à coup conscient qu'il ne pourrait plus longtemps esquiver le débat, il décida de le provoquer, avec d'ailleurs un plaisir évident à renouer avec le pugilat.

"Voilà qui va m'obliger à sortir du bois", commenta-t-il malicieusement.

Il choisit le lieu et la forme de la rencontre, ne souhaitant pas que celle-ci se déroule dans la solennité un peu raide du conseil municipal. Ce serait dans un grand café de boulevard, invité par une association de passionnés de patrimoine, que se ferait la confrontation avec la population, ainsi qu'avec la presse, astucieusement conviée par des rumeurs répandues.

Le public était nombreux, les débats organisés par l'association étaient prisés et bien annoncés, le bruit avait couru déjà que les échanges risquaient d'être fort animés, comme à chaque occasion qu'avaient de se confronter partisans et détracteurs de l'automobile.

Le maire écouta quelques questions, sans répondre, puis il s'empara du micro et demanda qu'on lance la projection des images qu'il avait apportées.

Les photographies étaient présentées par trois.

La première, prise à titre d'état des lieux, montrait un espace de la ville : elle faisait partie de la commande de photos qu'il avait faite afin de conserver la mémoire des emplacements qu'il souhaitait planter. Certaines, prises dès les premières réalisations, n'étaient plus vraiment récentes.

Sur la seconde, le photographe avait pris grand soin de retrouver le cadrage de la vue précédente, mais les arbres y avaient pris l'espace autrefois laissé au stationnement. Ils y étaient feuillus, même s'ils étaient souvent fort jeunes, partout le soleil brillait. On y voyait, sur certaines, des enfants, sur d'autres des tables et des chaises.

La dernière vue n'était pas prise dans la ville, certaines venant même, sans doute, d'Italie ou d'Espagne. Elle associait à chacune des deux précédentes la vision d'un contexte urbain similaire ou comparable, où les arbres avaient pris leur taille adulte.

Il laissa d'abord défiler les vues, se contentant de donner le nom de la placette ou de la rue montrée.

Puis il reprit la parole : "Voilà la ville que vous m'avez confiée, voilà ce que j'en fais, voilà ce à quoi j'aimerais qu'elle ressemble plus tard. Que pensez-vous du travail que j'y conduis ?"

Cette question n'attendait aucune réponse immédiate, faut-il croire, car il ignora les mains qui se levaient pour réclamer le micro.

"Vous avez pu voir comment les plantations ont transfiguré les lieux que je vous ai montrés. C'est vrai : l'arbre enchante les lieux qu'il ombrage, il porte à la rêverie. Il apaise celui qui le regarde, et même celui qui ne fait que le voir. Il révèle l'espace ; ce qui n'était qu'un élargissement de voie, un carrefour, devient une placette, un lieu de réunion. Mais ces vertus, déjà capitales, ne sont pas les seules que confère la compagnie des arbres."

Alors il parla longuement. Des arbres.

De la fraîcheur particulière, incomparable, de leur ombre qui, dispersant de l'humidité, produit une véritable climatisation naturelle, précieuse pour adoucir les torrides étés provençaux sans qu'il soit besoin pour cela de brûler du pétrole.

De leur capacité à capter dans les sols cette même humidité, qui assainit les maisons.

Du carbone lentement stocké dans le bois, des polluants immédiatement absorbés et recyclés dans les feuilles, qui corrigent un peu les conséquences des frénésies des hommes, préservant l'air de la planète entière, purifiant aussi celui de la ruelle.

De l'écran végétal qui protège l'intimité des maisons en vis-à-vis, quand l'été fait ouvrir les fenêtres, que la tradition locale prive de rideaux.

De la vie sauvage qui colonise les hautes ramures, insufflant un peu de nature à la ville qui en manque.

Des branches qui bougent les jours de vent, du repère des saisons donné par les états du feuillage, qui permettent aux urbains de reprendre pied dans la perception d'un temps cyclique qui est naturellement le leur.

Tour à tour technique, pratique puis lyrique, le maire parla, irritant certains, captivant d'autres, mais les intéressant tous. La mesure était prise : le maire n'avait pas le goût des espaces verts, il avait une vision sociale et politique dont l'arbre était l'axe.

Ce qui advint dans la salle à ce moment-là préfigura ce qui se passerait dans les années à venir : ceux pour qui un élu est évalué à la mesure des commodités qu'il leur organise se levèrent en grommelant qu'il avait perdu l'esprit, ceux qui en attendent un projet qui outrepasse et transcende les strictes utilités et les intérêts personnels calèrent leur menton dans leurs mains et commandèrent à nouveau une bière : il y avait du boulot... On en parla longtemps ce soir-là.

Il en fut d'autres qui, d'abord séduits, doutèrent ensuite. Tous ceux qui adhérèrent au projet, mais ne purent admettre que l'on ne plantât pas devant leur porte, alors qu'ils en exprimaient le désir.

Il fallut leur expliquer qu'un arbre ne pouvait se poser comme un meuble, qu'il était nécessaire de tenir compte de sa croissance. Qu'un arbre qu'on doit fréquemment élaguer pour le tenir dans un format restreint souffre de ces plaies qu'on lui renouvelle.

À tous ceux qui n'admettaient pas qu'on remise les bacs à fleurs et abandonne les lamentables jardinets qui émaillaient la ville, fut opposé que ces pauvres choses nécessitaient pour leur maintien en vie un acharnement mobilisant de grands moyens, que les jardiniers appelés à des tâches plus gratifiantes ne pouvaient plus leur consacrer.

Il n'était pas question, pour satisfaire à son but, de rogner quelque budget que ce fût parmi les priorités pour lesquelles il s'était fait élire. Ce que le maire appelait la "peinture en vert" disparut progressivement de la ville, et les moyens qui y étaient consacrés furent employés aux nouvelles tâches.

L'élagage des arbres – gros budget – se faisait tous les trois ans, on passa ce délai à cinq. On étudiait désormais chaque arbre, dans l'idée que, dans tous les cas possibles, on renoncerait à la coupe purement et simplement.

Le maire fit remarquer que, dans ces conditions, un arbre ne coûte de l'argent que très tôt dans sa vie, et qu'une fois terminés arrosage des juvéniles et taille de formation, les dépenses deviennent anecdotiques.

Une aide inattendue venait de la population du centre de la ville, qui avait tout de suite adopté "ses" arbres, les défendant, réparant les protections ou les tuteurs brisés. Il n'était pas rare que les ouvriers chargés de l'arrosage trouvent la terre des conques déjà humide, les riverains ayant pensé que l'arbre commençait à souffrir de sécheresse.

Il dut enfin batailler avec les citoyens qui trouvaient que les arbres plantés étaient trop jeunes, trop fluets, ironisant sur les "manches à balai" du maire. À ces derniers, expliquer que, comme pour les humains, un individu jeune s'adapterait mieux qu'un sujet plus âgé, et qu'au bout du compte, sa croissance serait plus rapide et harmonieuse, que l'arbre serait plus solide et vigoureux.

Il en profita pour faire remarquer à ses administrés que les jeunes arbres coûtaient beaucoup moins cher, et que leur taux de reprise était nettement plus élevé. Il ajouta que son dessein n'était pas de réaliser du tape-à-l'œil à effet immédiat, mais bien d'investir pour les années à venir.

Il y a fort à parier que tous ces grognons durent, avec le temps, admettre que la cause était bien défendue, et que les buts visés étaient satisfaits. Sinon, comment comprendre que les votes se soient autant portés sur sa candidature, chaque fois qu'il la proposa ? De ce qui avait fait sa popularité, il n'avait renoncé à rien, et il avait ajouté une touche de sagesse à une image déjà fort positive.

De ce qui avait motivé le débat – la réduction des places de stationnement –, il ne fut plus question dans la presse, et à peine dans les conversations. La présentation à trois volets avait conquis jusqu'aux détracteurs de l'aménagement, ou au moins les avait-elle troublés au point qu'ils n'osaient plus tenter de faire valoir leurs arguments.

Son projet était maintenant lancé, les programmes établis. La plus grande difficulté était désormais de juguler l'impétuosité de son initiateur, et de laisser du temps à la réalisation. Pour les dix ans à venir, en admettant qu'il fût réélu, il connaissait le nombre exact d'arbres qui seraient plantés. Il pouvait savoir où, et quelles essences seraient choisies. Il était certain que cette régularité serait le bon dosage qui donnerait l'envie aux habitants de sa ville d'en suivre le progrès, et la meilleure manière de faire comprendre que l'avenir des enfants se prépare maintenant, sans hâte.

Mais toute la sagesse contenue dans ce raisonnement ne lui servait à rien.

Son caractère bouillant s'accommodait mal de l'obligation de constance, et surtout de patience, qui fait le bon jardinier. Il lui fallait un nouveau projet, vite, qui puisse le replonger dans la frénésie, lui fasse vivre un rêve.

Il ne lui fallut pas longtemps pour trouver la parade. Il avait perdu le sommeil à réfléchir, il ne le retrouva pas ensuite, trop excité par la perspective de ce qu'il pouvait accomplir.

Une forêt pour sa ville.

D'abord faire appel au mécénat privé, puis élaborer un projet susceptible de recueillir diverses subventions. Il savait faire, il fit.

Motiver les services pédagogiques de la mairie, ce ne fut pas difficile : il était leur patron, et la perspective qu'il leur offrait avait tout pour les séduire.

L'annonce fut discrète, présentée comme une activité offerte aux enfants de tous âges, sous le parrainage d'associations reconnues d'utilité publique, aidée par des noms souvent cités dans le cadre d'actions généreuses.

La fertilité du terroir local, qui avait assuré sa prospérité, ne laissait que très peu de terres incultes entre la Camargue salée et les Alpilles arides. Ce pays de cocagne, drainé, irrigué, était partout cultivé.

Quand le remembrement, la mécanisation augmentèrent la taille des mas, qu'on ne nomma plus qu'exploitations agricoles, les haies devinrent des obstacles, depuis qu'elles n'étaient plus utiles : le vent ne pouvait plus coucher les tiges courtes des céréales sélectionnées. Dans les mas, où les ouvriers étaient autrefois si nombreux que certains comportaient une chapelle et une école, il n'y avait plus personne. Personne donc ne se plaignit de n'avoir plus d'ombre pour prendre son repas, plus de taillis où piéger les lapins. Les bulldozers arrachèrent les arbres, on en fit de grands tas, qu'on arrosa de gasoil pour les brûler.

Il ne resta que les terrains délaissés, les friches coincées entre deux chemins, les étroites rives du Rhône, et les petits bosquets qui entouraient les maisons. Le reste, promu au titre de table de culture, étalait à perte de vue une mer de mottes grisâtres.

Il existait de nombreux terrains qu'entretenait la mairie, c'est-à-dire qu'un engin équipé d'un bras de fauchage raclait aussi court que possible la végétation qui s'obstinait à vouloir y pousser.

La nécessité millénaire de combattre l'envahissement des chemins, l'encombrement des fossés, favorisée par l'utilisation d'engins de plus en plus sophistiqués, n'avait plus rencontré de limites. À force de faucher de plus en plus largement autour des chemins, on avait fini par faire se rejoindre ces espaces asservis, les amenant à la plus noble expression, la quintessence idéalisée de la Nature vue à hauteur d'homme : le terrain de foot.

Le maire demanda qu'on arrête ce nettoyage, et qu'il soit désormais réservé aux seuls chemins. Les enfants des écoles avec leur classe vinrent y planter de jeunes arbres, qu'ils durent d'abord reconnaître puis aussi protéger, et arroser.

Des associations prolongèrent cet élan, les enfants recueillirent des semences qu'ils plantèrent.

Chaque fois que ce fut possible, grâce à l'argent recueilli auprès de mécènes, des terres adjacentes à ces espaces furent acquises, permettant de donner une ampleur suffisante pour que le bois nouveau puisse cacher quelques mystères.

Ne poussaient là que des essences ordinaires, qui auraient pu s'y trouver naturellement : peupliers blancs, trembles, frênes, saules, chênes. Les semences, les boutures étaient prises aussi près que possible de l'endroit auquel on les destinait.

Se dessinait une forêt naturelle, dont on avait seulement hâté l'implantation.

Les enfants qui avaient participé à la plantation étaient encouragés à revenir avec leur famille pour des pique-niques ou de simples promenades, à l'occasion desquels ils observaient la croissance de leurs protégés.

La plus grande surprise, toutefois, ne fut pas de voir des pères ne sachant reconnaître un frêne quand ils en voyaient un ramasser, sous le regard soupçonneux de leur progéniture, non seulement les déchets qu'ils avaient laissés tomber, mais aussi des papiers gras abandonnés par d'autres. La santé des arbres ne suffisait plus, encore fallait-il que le paysage qui les environnait fût soigné et agréable.

Non, la grande surprise fut la vivacité, la fureur presque, avec laquelle les taillis crûrent sur les bandes oubliées par l'épareuse, comme si la terre trouvait là une soupape par où libérer une vitalité concentrée.

Dès le premier printemps d'abandon des tontes régulières, jusqu'au dernier centimètre de surface surgit une mousse verte d'un mètre de hauteur. Lorsque l'été fit mûrir les graminées, et dessécher l'herbe, émergèrent des arbustes puis de jeunes arbres, dont les graines étaient venues d'on ne sait où. Des arbres dont les parties aériennes avaient été fauchées depuis des années trouvèrent enfin l'occasion de pousser leur tête vers le ciel, exprimant ainsi la sève accumulée dans leurs fortes racines.

Cinq ans après, la croissance de ces arbres avait été si vive que le feuillage donnait une ombre discontinue, sous laquelle les herbacées et les taillis se maintenaient bas.

Seuls les connaisseurs attentifs ne furent pas étonnés, eux qui connaissaient les "sauzettes", ripisylves des bords du Rhône, jungle provençale où l'on pouvait se croire, dans le foisonnant enchevêtrement végétal, sur les rives de l'Amazone, pour peu que l'on prît les martins-pêcheurs et les corneilles pour des perroquets.

On se prit alors à rêver à ce qu'avait été cette contrée dans son état naturel, au climat méditerranéen chaud et sec, mais à la terre saturée par l'eau du fleuve. On imaginait la forêt immense, des Alpilles à la mer, le regard des hommes sur ces arbres, les mythes qu'ils en conçurent, à la faveur des ombres mouvantes.

La sauvagine était revenue assez vite, sous l'abri providentiel des taillis nouveaux, sur les territoires qu'elle avait désertés. Combien de temps faudrait-il pour apercevoir à nouveau la silhouette de la bête du Vaccarès, créature rêvée issue de l'union des mystères de la Nature et des croyances de l'Humanité ?

Ses adversaires crurent tenir la preuve de son égarement lorsque se répandit le bruit que le maire avait été saisi par une nouvelle lubie.

Il avait demandé aux services techniques de la Ville d'étudier une solution pour que des arbres fussent plantés au milieu des carrefours, sur les boulevards. Des arbres au milieu de la route : il devenait clair que la manie du maire l'avait, de toute évidence, amené à perdre la raison.

Il laissa la polémique enfler assez longtemps sans donner la moindre explication, puis fournit à un journaliste l'occasion de l'interroger.

L'exposé de ses motivations permit au lecteur attentif de saisir qu'il n'avait rien laissé au hasard : tout était clair dans son esprit.

Si les arbres devaient traverser la route, c'était pour que le piéton des mails puisse suivre une route droite – et ombragée, bien sûr – car c'était lui qui était prioritaire.

L'automobile, un mal nécessaire, devait être tolérée, mais ramenée à sa vraie place.

Rien ne serait désormais fait pour que conduire une voiture soit le moyen le plus facile de se déplacer d'un point à un autre. Ce serait maintenant l'engin qui traverserait la route des piétons, et non plus l'inverse.

Insensiblement, la ville se modifiait.

Si le récit, qui choisit les faits, peut faire croire à un rythme de succession rapide et d'événements nombreux, sur le terrain, l'impression était tout autre.

Le maire prenait toujours grand soin de ménager de longues périodes où il s'interdisait toute prise de position, en particulier lorsqu'il sentait monter des énervements dans la population, ou qu'un adversaire politique tentait d'amener un débat jusqu'à la joute.

La lutte n'était préférée à l'esquive que lorsqu'il y était acculé, ou qu'il pensait qu'elle produirait de meilleurs effets.

Les aménagements de rues ou de places étaient délibérément conduits avec une lenteur calculée, sur plusieurs années. Les inaugurations étaient faites quand plus personne ne se souvenait de l'état originel. Là étaient exposées les photographies qui avaient été prises avant les premiers travaux. Ainsi habilement présentée, l'allure nouvelle s'imposait à tous comme une évidence de progrès. Si l'on pouvait regretter une place de stationnement dont on venait d'être privé, personne n'éprouvait de nostalgie en comparant une aire de goudron encombrée de voitures à un endroit où il fait bon vivre. Ce train furtif, presque subliminal, désarçonnait tous ceux qui auraient volontiers ferraillé contre le projet global, s'ils avaient pu l'envisager en une vue d'ensemble.

La part du centre de la ville où la mutation fut la plus évidente fut celle qui avait été rasée après les bombardements de la Seconde Guerre mondiale. Un architecte hygiéniste avait voulu que soit établie là une ville claire, aérée.

Le mur d'enceinte médiéval enserrait, depuis la reconstruction, des immeubles anguleux sans mystères, sans amoncellement d'époques, sans foison d'histoires, sans que soit tenue la promesse que semblait offrir le passage entre les deux tours de pierre de la porte de la fortification.

C'est une ville décevante qui accueillait le visiteur, le mur franchi, sèche et banale, où la place abandonnée à l'automobile dans ses voiries dilatées ne laissait aucune chance aux autres usages.

De toute évidence, l'architecte n'avait pas prévu qu'après soixante ans, circulation et stationnement seraient devenus des nuisances pour les habitants, qui ne rêveraient plus qu'à évincer cette invasion de ferraille.

Il était maintenant temps de sortir de la guerre, de l'urgence de la reconstruction, du relogement. Ce quartier s'installerait désormais dans la paix.

Des peupliers d'Italie, placés à l'intérieur du mur d'enceinte, formèrent un haut rideau sans cesse en mouvement sur lequel se détachait la forte muraille de pierre blanche, jetant un voile pudique sur l'arrogance des lignes trop raides des immeubles.

Passé les tours de pierre, c'est un berceau de grands platanes qui abritait les terrasses de cafés, renouant avec l'image simple, évidente, immémoriale de l'entrée dans une ville provençale.

Et partout ailleurs, le long de toutes les rues, tilleuls et sophoras avaient été plantés de manière que leurs houppiers se rencontrent un jour.

L'impression de vacuité que donnait la trop grande distance entre les immeubles en fut corrigée, et avec elle l'idée que les habitants de ces maisons trop neuves avaient renoncé à vivre ensemble. La masse des feuillages interposée entre leurs fenêtres, loin de les séparer, leur donnait quelque chose à partager.

C'est ce quartier du cœur ancien de la ville qui permit de trouver la méthode qui serait ensuite appliquée aux quartiers périphériques, partout où le projet de départ n'avait pas assez envisagé l'importance de la qualité des espaces communs.

Dans la ville ancienne, la logique était simple : partout où il était possible de faire vivre un arbre, il serait planté. Dès qu'un peu d'espace n'était pas construit, la question devait être posée, sur le principe facile à retenir : un are – un arbre.

Mais c'est la carte des espaces libres établie par la paysagiste qui fit là merveille. Si elle y avait noté, avec une grande précision, l'emplacement et l'essence de chaque arbre qui devait ombrager une placette, y figuraient aussi d'autres indications.

Elle avait repéré, intuition ou capacité d'observation, tous les emplacements où, qu'il ait autrefois existé là ou qu'il y ait toujours fait défaut, l'arbre manquait.

Le tronc de l'arbre devenait l'axe d'un nouveau volume qui ordonnait et composait ce qui était jusque-là du vide.

Dans la ville médiévale se trouvaient partout de modestes élargissements de l'espace de voirie, fruits d'une volonté – les *planets, relargs* qui aèrent un peu le tissu serré des cités médiévales – ou résultats de démolitions. La ponctuation d'un seul arbre planté conférait une dignité de place publique à un retrait des constructions dont personne, jamais, n'avait remarqué l'ampleur.

À la différence du mobilier urbain, l'arbre scindait le vide sans l'encombrer ; en mettant en scène les volumes, il multipliait les points de vue, les paysages.

C'est sur le projet qui concernerait la plus grande place de la ville ancienne, face à l'hôtel de ville, que les imaginations s'étaient échauffées. Partisans et adversaires spéculaient sur les décisions qui seraient prises là, attendues ou redoutées.

Le maire, à cette occasion, sut encore étonner : il déclara qu'il ne changerait rien du paysage existant et qu'au risque de décevoir, il n'infligerait aucune altération à sa beauté toute minérale.

Il fit remarquer que c'était là une place très fréquentée tout au long de l'année par les habitants comme par les visiteurs et qu'à vouloir améliorer ce qui fonctionnait si bien, on ne pouvait être sûr d'atteindre son but.

Il ajouta, ironique, qu'il comptait bien sur cette prise de position pour rassurer ses électeurs sur sa parfaite santé mentale, prouvant ainsi sa capacité à ne pas planter un arbre dès qu'un mètre carré se trouvait disponible. "Les arbres, j'arrête quand je veux", souriait-il.

Je dois avouer qu'une fois, je me servis de l'amitié qui nous unissait pour l'influencer. Je n'ai d'ailleurs vraisemblablement fait que précipiter les choses. Il est très probable qu'il aurait trouvé lui-même cette voie, qui était la prochaine étape logique du développement de son idée.

Il m'avait fait la grande faveur, malgré son emploi du temps si chargé, d'accepter l'invitation que je lui avais faite de venir assister à la soutenance de ma thèse à Toulouse.

L'épreuve s'était très bien passée pour moi, et il a dû nettement percevoir ma déception lorsque, pendant la collation donnée à mon jury et au public, il me glissa qu'il lui était impossible de rester au dîner, qu'il lui fallait être rentré le soir même.

Je lui demandai une demi-heure, qu'il m'accorda en riant. Prenant temporairement congé de mes invités, je donnai à son chauffeur la direction que je voulais que nous prissions.

Il nous déposa en banlieue, sur les rives du canal du Midi, en une fin d'après-midi de printemps.

Sous les hautes frondaisons qui ombragent les rives, nous rencontrions toutes sortes de personnes.

Papas sautillant autour de tout petits cyclistes en tentative de sevrage de petites roues, zigzaguant harnachés comme des samouraïs.

Joggeurs en Lycra noir et couleurs fluos, écouteurs sur les oreilles.

Sportifs à vélo, promeneurs à bicyclette.

Amoureux se tripotant sur les talus, qui interrompaient leurs manœuvres le temps que nous passions.

Adolescents ricanants se roulant ostensiblement des joints, en faisant semblant de se cacher.

Le chauffeur devait nous attendre quelque deux kilomètres plus loin, le public étant de moins en moins présent à mesure que nous nous éloignions du centre de la ville.

Après avoir bavardé sur des sujets divers, je lui fis remarquer sur quel somptueux itinéraire nous cheminions, et combien il semblait apprécié par les Toulousains. Il en convint volontiers.

J'établis alors la comparaison de cet extraordinaire ouvrage hydraulique avec le réseau foisonnant des canaux de sa ville, qui parcouraient son immense territoire, chargés autant de drainer l'eau des marais que d'irriguer les espaces agricoles.

Des kilomètres de chemins nus, aux allures de rives de fossés raclées par les faucheuses mécaniques, une triste eau grise entre deux rubans sinistres, tour à tour boueux puis desséchés.

Sur un ton que je voulus léger, je lui évoquai la vision des arbres s'échappant de sa cité au long de ce cheminement tressé et complexe, qui distribueraient le sang de son projet depuis le cœur de la ville.

Il éleva son regard vers la cime des arbres, puis le laissa redescendre.

Se tournant vers moi, il me fixa puis me questionna sur l'espacement que, selon moi, il fallait laisser entre deux arbres.

Parlant ensuite d'autres choses, il ne me donna pas l'impression, ce soir-là, de faire grand cas de ce à quoi j'avais voulu l'intéresser.

Ce ne fut que lors de ma visite suivante que je pus comprendre qu'il m'avait parfaitement entendu.

Il étendit devant moi un immense plan de la commune, où je reconnus le tracé de canaux que je connaissais pour les avoir suivis, mais aussi de beaucoup d'autres dont j'ignorais jusqu'à l'existence.

Leur présence était relevée au feutre bleu ciel sur un fond de carte en noir et blanc, comme le tracé de marbrures apparentes sur une peau claire.

Sur la même carte étaient portées toutes les surfaces qui s'étaient vu attribuer une plantation, complétant les espaces plantés d'ancienne manière.

Il me pressa de l'accompagner, à deux pas de sa maison, sur le parcours d'un canal d'arrosage. Je le connaissais pour m'y être promené, je savais aussi qu'il empruntait le tracé des Fosses mariennes, que le général Marius avait fait creuser par ses légionnaires.

Ce militaire, que l'on surnommait "le Sage", qui attendit deux ans l'arrivée des Cimbres et des Teutons, occupa des troupes à qui l'inaction n'aurait rien valu de bon au creusement de cet ouvrage qui rendit à sa ville un accès navigable à la mer.

Le long des anciens chemins de halage, tous les cinq mètres, un peuplier d'Italie haut comme un homme laissait la plus légère brise agiter son feuillage.

Ces arbres, m'expliqua le maire, avaient été bouturés dans la pépinière municipale, puis chacun d'eux avait été confié à un enfant des écoles de la ville.

L'enfant devait planter, installer, tuteurer son arbre, et s'assurer de son bon arrosage durant les premières semaines.

Ce parrainage eut pour effet d'intensifier visiblement la fréquentation des rives : les enfants, là encore, attiraient leurs familles autour des arbres que l'on venait rencontrer comme on visite un parent.

Le sujet d'étonnement fut que la catégorie de population qui se sentit la plus concernée se révéla être la plus âgée.

Grands-parents, bisaïeuls même, mais aussi voisins ou étrangers complets aux enfants planteurs, ceux qui avaient le moins de chances de voir de leurs yeux les arbres adultes furent aussi ceux qui donnèrent le plus de leur peine et de leur temps.

Le maire me relatait tout cela avec de la malice dans le regard, se frottant les mains, sourire aux lèvres. Qui nous aurait croisés, à ce moment, aurait pensé qu'il me racontait une histoire drôle.

Mais je perçus son émotion, quand il en arriva à évoquer l'implication des anciens.

À ma question l'interrogeant sur la longueur de rive qu'il avait pu traiter, il m'avoua que seulement deux kilomètres avaient, pour l'instant, pu connaître cet aménagement, "mais des deux côtés", ajouta-t-il bravement. Il n'y avait pas de petite victoire.

Enthousiaste et les yeux brillants, il me remercia de lui avoir soufflé l'idée.

Il l'avait utilisée, certes, mais en la développant, car il avait découvert en elle le lien qui permettrait d'unir les deux forces du terroir dont on lui avait confié la direction.

La ville épargnée par la pioche des démolisseurs, joyau d'architecture, belle jusqu'à la plus obscure de ses impasses ; et le terroir dont elle dispose, à l'inimaginable diversité biologique, épargné par le béton des aménageurs, qui ne se donne au visiteur pas plus qu'il ne s'y vend, mais attend qu'il le mérite.

On pourrait désormais se laisser glisser, en promenant, d'un hôtel particulier du XVIIe siècle aux roselières d'où s'envolent les hérons cendrés, sans avoir une autre idée que de se griser de merveilles, voire d'une seule merveille, globale, qui les contiendrait toutes.

Il imaginait, me dit-il, ce que pourraient donner, vus d'un avion, ces longs alignements avec la troisième dimension que leur apporteraient les longs pinceaux des peupliers adultes.

Une fois rentrés au mazet, observant le décalage de l'effectif et du prévisionnel sur sa carte, je lui fis remarquer la ressemblance qu'elle présentait avec un tronc (la ville) et son système de racines (les canaux).

Mais, alors que je parlais, une évidence vint me frapper, sur laquelle je l'interrogeai sur-le-champ.

Les limites des itinéraires au long des canaux étaient définies bien au-delà du territoire que couvre la commune. Aurait-il réussi à intéresser ses collègues voisins à l'aboutissement du projet ? "On en discute, on en discute..."

J'appris par la suite que les maires des communes voisines, qui le surnommaient Tistou, et considéraient son intérêt pour les arbres comme ils auraient observé chez lui une passion pour les timbres ou le heavy metal, avaient récemment pris un virage serré.

Avec cette fougue dans l'engagement de ceux qui, sentant le vent tourner, se réorientent promptement, ils s'étaient abruptement laissé convaincre du bien-fondé de cet engouement.

L'enthousiasme un peu brouillon de ces néophytes – une fois que la curiosité de leurs électeurs s'était portée sur cet édile entêté, puis leur intérêt, sur sa vision à long terme – se déchaîna dès que leur collègue leur proposa une collaboration.

D'autant que, quand un quotidien national lui avait consacré un long article qui avait fait grand bruit, un journaliste ironisa sur l'étrange couleur que deviendrait le rouge, si on le mélangeait à une telle quantité de vert.

La réponse de l'élu, publiée dans les mêmes colonnes, disait en substance qu'un homme politique, de quelque bord qu'il soit, qui n'aurait pas pour souci primordial la préservation de la planète qui l'héberge ne saurait être qu'un farceur.

Virent-ils là une occasion de raccrocher une idée qui pourrait, à bon compte, rapporter quelque prestige, voire leur assurer une stature ?

Certains d'entre eux étaient, sans doute, simplement venus s'intéresser à une idée qui les avait d'abord interrogés, puis séduits, enfin avait emporté leur adhésion.

En quelques mois, tous les maires voisins s'étaient ralliés au projet de jonction de leurs villes, adhérant même à l'idée qui leur avait été proposée en corollaire : la mise en commun de la pépinière.

Un ancien mas de Camargue proche de la ville avait été acheté bien des années auparavant par la mairie pour y implanter des industries culturelles. Les terres étaient louées à des agriculteurs.

Le bail ne fut pas renouvelé pour une dizaine d'hectares, qui seraient désormais le nid qui verrait éclore la matière première des projets de frondaisons.

La charge financière de cette maternité arboricole n'était pas colossale, d'autant qu'on y accueillait les scolaires et qu'on y acceptait les bénévoles, mais elle coûta moins encore lorsque les frais furent répartis sur plusieurs communes.

Le fonctionnement en était fort simple, car le nombre d'essences qu'on y élevait était restreint.

Poussaient là les arbres destinés aux projets urbains et aux bords de canaux.

Ils étaient aussi donnés à ceux qui en faisaient la commande, pour autant qu'ils les destinassent à la constitution de haies de bocage.

Ces haies regagnaient lentement le paysage campagnard. La lente progression des cultures biologiques réclamait à nouveau la protection contre le vent féroce.

D'habiles campagnes de promotion du parc naturel régional de Camargue avaient stimulé certains agriculteurs, conscients de leur rôle dans l'entretien du paysage, et encouragé certains autres, aux visées moins humanistes.

Chez eux, les associations avaient instillé l'idée qu'à recevoir tant de subventions (les champions européens étaient locaux), ils devaient au moins rendre un peu à la Nature – et au contribuable – qui leur donnaient tant.

Les champs étendus à perte de vue, mornes usines à céréales, retrouvaient, cloisonnés, une échelle à laquelle un humain pouvait contempler une vision de la terre nourricière.

Il n'attendit pas de voir satisfaits tous ses essais de liaisons par les bords de canaux pour se lancer dans un nouveau combat, une nouvelle ambition.

Les chemins de halage, une fois que les plantations auraient pris leur essor, seraient des itinéraires à dimension humaine. Son ambition était qu'ils échappent au tumulte vibrant qui caractérise les routes modernes, qu'ils soient tout ombre et silence.

Ce projet, à tout dire, n'avait dérangé personne. Ces lieux n'étaient auparavant fréquentés que par les pêcheurs, taiseux et peu portés à la revendication, voire au commentaire. On ne sut même jamais s'ils avaient apprécié de se trouver à l'abri de l'ardeur du soleil pendant leurs patientes stations.

Quant aux nouveaux utilisateurs, eux, ils manifestaient leur contentement par leur seule présence.

Il voulut, comme suite raisonnable à sa progression, humaniser ce qui, après avoir été fabriqué pour les hommes, avait perdu avec eux toute logique.

Il s'agissait d'arborer les routes qui relient les villes.

Le maire crut que le plus gros de son travail serait de vaincre l'apathie ou l'hostilité de la direction des Routes.

Il rencontra, au contraire, des fonctionnaires enthousiastes qui se passionnèrent pour l'idée et donnèrent l'impression qu'ils n'attendaient que cela depuis longtemps.

Au ministère comme à Marseille, où siégeait la direction Méditerranée, il trouva une aide efficace. Un programme de plantation sur les bords des routes nationales fut promptement établi, les moyens trouvés, les points délicats étudiés.

Il trouva aussi une réelle complicité avec le maire de la ville de Nîmes, que son projet voulait atteindre.

Le choix de cette ville s'était imposé : Nîmes, de fondation romaine elle aussi, à la fois jumelle et rivale. Se joindre ne ferait que confirmer une antique communauté.

Les deux maires, bien éloignés par leur appartenance politique, s'étaient pourtant aperçus qu'ils avaient en commun une référence littéraire sur le sujet qui les unissait. Ils avaient tous deux retenu le passage d'un livre de Jean-Pierre Chabrol qui disait que pour se rendre, enfant, d'Anduze au marché qui se tenait aux portes de la Camargue, on ne quittait pas l'ombre des arbres.

L'image abolie de cette route leur venait souvent à l'esprit, quand l'un ou l'autre circulait sur cet itinéraire, au milieu duquel se trouve Nîmes.

Cette route n'était plus qu'un ruban d'asphalte privé de sa longue nef de troncs, de branches et de feuilles qui donnait au déplacement ses repères, son déroulement, sa saveur, lui conférant ainsi, malgré la modestie des distances franchies, une dignité de voyage.

Le trajet n'était plus que du temps perdu à joindre un point à un autre, une corvée qu'il convenait de réduire autant que possible.

Il fallut planter près de six mille arbres, ce qui ne fut pas une petite affaire, malgré l'appui des habitants des deux villages traversés. Cela prit près de trois années mais, lorsque les deux parties se joignirent, à peu près au milieu du chemin, l'événement prit un relief surprenant.

On en parla dans les journaux locaux, bien sûr, mais aussi dans la presse nationale, relayée ensuite par la télévision.

Les commentaires convinrent que, si dans l'enthousiasme que provoqua cette jonction se trouvait une part de nostalgie, ce qu'on y ressentait était plutôt un élan tourné vers l'avenir.

Les adversaires de ce projet se manifestèrent aussi, au premier rang desquels des personnes au verbe haut, peu accessibles au doute : les automobilistes. Contre toute logique, contre les statistiques qu'on leur opposa, ils continuèrent à affirmer que les arbres rendaient la route dangereuse.

Un article de la presse locale suffit à convaincre les indécis, qui, faisant d'abord sourire en déroulant la liste des agressions commises par les platanes sur les automobiles, conclut en suggérant aux pressés et aux indifférents d'emprunter l'autoroute qui étirait une parallèle rectiligne à la tortueuse départementale.

Les opposants politiques du maire ironisèrent sur les anciennes références : voilà un élu communiste qui se prenait pour Louis XIV !

Il leur répondit, placide, que la comparaison ne le gênait en rien, si l'on faisait allusion aux frondaisons plantées sous le règne de ce monarque, qui ombragèrent les révolutionnaires montant vers la Bastille ébranler la tyrannie.

Il sut aussi exploiter la différence des options qui l'éloignait du maire de Nîmes : opposant ne signifiait pas ennemi.

Il fit ressortir que le bien souverain, l'intérêt public transcendent les chamailleries des combats d'arrière-garde, et permettent de retrouver le sens de la collectivité.

Le caractère essentiel, immémorial, transversal de la matérialisation d'un axe qui existait, pour le moins, depuis deux millénaires éclata aux yeux de tous, malgré la naïveté du message.

La route ne reliait plus seulement les villes, elle reliait les hommes, sa distance, égrenée d'arbre en arbre, lui rendant sa valeur.

Ce qui avait mesuré un kilomètre se comptait maintenant en cent d'arbres, ce qui revient à dire qu'on y avait croisé autant d'êtres vivants.

On vit alors à nouveau, malgré le peu d'ombre qu'offraient les maigres frondaisons des jeunes platanes et micocouliers, cyclistes et piétons emprunter cette route qu'ils avaient depuis longtemps désertée.

L'écho qui avait été donné dans la presse attira des randonneurs, venus parfois de fort loin éprouver, sous leurs semelles, la nouvelle idée.

Il devint même à la mode, pour les habitants, d'aller à pied jusqu'à Nîmes, d'y passer soirée et nuit, puis de revenir le lendemain, s'arrêtant pour déjeuner dans un des nombreux petits restaurants qui avaient surgi sur le bord de cette route désormais passante.

Ils y croisaient des Nîmois en route vers leur ville, avec un but inverse.

Six heures pour aller et autant de retour, voilà qui donnait un alibi sportif à des soirées qui pouvaient être très gaies.

Il ne fallut pas longtemps, à l'aune de ce succès, avant que la maire d'Aix-en-Provence, surmontant ses aversions politiques, n'empoignât à son tour son téléphone pour répondre enfin à son collègue et contacter celui de Salon, pour adhérer à un semblable projet.

Soixante-dix kilomètres, une ville moyenne et des villages à traverser, le pari était plus risqué, mais il connaissait maintenant la méthode, et il ne lui fallut guère plus de temps que pour le premier trajet.

Même si l'initiative lui avait échappé, c'est encore son nom que retint la presse, qui couvrit le déroulement presque arbre à arbre.

En quelques années, la ville devint aussi célèbre pour ses itinéraires ombragés que pour ses beautés architecturales. On parlait aussi de ce maire encensé par les écologistes, et par bien d'autres, de tous bords.

Maintenant que sa renommée lui permettait d'atteindre d'autres ambitions, il s'était mis en tête d'ombrager d'autres itinéraires.

Un projet s'imposait : sa ville, départ d'un ancien chemin de pèlerinage, était séparée de son arrivée à Saint-Jacques-de-Compostelle par quelque neuf cents kilomètres. Des arbres y seraient plantés de manière continue.

Le projet était énorme : plus difficile que la plantation était la mobilisation des énergies des maires, conseillers régionaux et généraux, qui faisaient la moue face à un dessein qui leur paraissait simpliste.

Mais comment résister à la nouvelle stature de celui qui n'était plus seulement le maire d'une ville moyenne, mais déjà un symbole ?

Je dois confesser que je l'ai parfois soupçonné de s'être trouvé une cause à incarner, une niche politique originale, consensuelle et prestigieuse.

Sa facilité à prendre la pose, à s'entretenir avec des journalistes, il m'est arrivé d'en être attristé, ou irrité, lorsque je doutais de la générosité de son engagement.

Il me fallut bien accepter de m'être trompé : il ne fit jamais rien dont il ne pensât que cela pût servir sa cause, et il ne fit que se servir des tremplins qu'on lui proposait.

Il mit à son service tout ce qu'il avait pu acquérir d'expérience, en utilisant tous les moyens possibles, sans se préoccuper de son image personnelle. Malicieux, malin, retors quelquefois, il ne cessa jamais d'être profondément sincère, donnant à ce qui restait un projet technique les ressources des joutes politiques.

La dernière fois que je le vis, il m'avait invité à Pau, sur le tracé du chemin de pèlerinage, à une conférence pendant laquelle il devait intervenir, et raconter comment lui était venue l'intuition d'ériger en cause nationale puis internationale ce qui, avant lui, n'avait été que la marotte de certains.

Il avait dépassé les quatre-vingts ans, et tout son physique disait sa fragilité : décharné et voûté, le teint pâle, la chevelure réduite à une couronne blanche, on ne pouvait ignorer que sa fin était proche.

L'emphysème – souvenir de ses années de tabagie – lui donnait une élocution voilée, sifflante, grave et chuchotée, et le public, nombreux, fit un silence recueilli à tout son discours.

Ses paroles firent un sort rapide à ses motivations de départ, pour s'étendre ensuite, très longuement, sur les aspects techniques de ce qui était devenu sa mission.

Il fit comprendre à chacun que la stature qui allait être la sienne dans ce monde qu'il s'apprêtait à quitter lui importait peu, mais qu'il estimait que le travail n'était pas fini.

Parlant des forêts qui avaient été atteintes par les itinéraires qu'il avait contribué à créer, il nous fit rêver à d'autres forêts à venir, développées à la faveur de l'exemple donné. Les arbres joindraient les arbres, et les hommes vivraient dessous. Il voulut y voir le signe que l'Homme avait enfin décidé d'habiter sa planète.

Il eut un mot plaisant sur le fait que, dans la tâche de maire qu'il avait tenté d'assumer complètement, on ne retienne maintenant que ce qui lui avait si peu coûté. "Mais Ingres ne devait pas compter comme du travail le temps qu'il passait à son violon."

Il finit sur la chance qu'il avait eue de se découvrir un combat qui synthétise le bien public, la sensualité, la résistance aux séductions de l'argent et du pouvoir, et qui manifeste la foi en un avenir, la matérialisation de l'espérance.

Il fut longuement applaudi, puis le maire de Pau prit la parole pour annoncer qu'un financement européen avait été mis en place pour l'étude et la réalisation d'un itinéraire arboré qui relierait la Camargue à Rome.

Un autre trajet de pèlerinage, sur une distance de près de mille kilomètres, allait voir le jour.

Le maire retourna au micro pour dire que la restauration des chemins de pèlerins était la seule méthode, pour un élu communiste, pour espérer une admission au paradis.

Il ajouta que cette nouvelle route plaçait sa ville à l'endroit où il avait toujours pensé qu'elle devait se trouver : au centre du monde.

C'est par la radio que j'appris sa mort, quelques mois après, en prenant mon petit-déjeuner.

Ma peine fut immense, mais je ne fus pas surpris, car la manière qu'il avait eue de m'étreindre, à Pau, ne laissait aucune ambiguïté : nous nous quittions pour la dernière fois.

Sa fille, que je connaissais peu, m'appela quelques jours plus tard pour me remercier de ma lettre de condoléances, mais aussi pour me dire qu'il avait laissé, au mazet, quelque chose pour moi, que la poste ne pouvait acheminer. Ça n'était pas pressé, elle habitait la maison, maintenant.

Je dégageai facilement, car je m'approchais alors de la retraite, une journée qui me permettrait de faire l'aller-retour. Je brûlais de savoir ce qu'avait voulu me transmettre mon vieil ami.

Du mazet, du jardin fouillis, rien n'avait changé, et un plat de tagliatelles m'attendait, accompagné de la sauce que je connaissais bien.

Les instructions avaient été précises, et le message clair : ça continue.

Après le repas, dans le bureau des cartes, sa fille me montra un assez grand carton, si lourd qu'il fallut être deux pour le hisser sur la table.

Il ne contenait que des livres, et une enveloppe non cachetée.

Je me saisis tout d'abord des livres, pour m'apercevoir qu'ils étaient tous des éditions de *L'Homme qui plantait des arbres* de Jean Giono.

Il fallait un moment pour le comprendre car, si le sujet était le même, les volumes différaient : toutes les éditions, toutes les traductions de ce petit ouvrage semblaient avoir été réunies là, parfois en plusieurs exemplaires.

J'ouvris l'enveloppe, qui ne contenait qu'une feuille. Pas d'en-tête ni de signature, mais je reconnus aisément son écriture, tracée à la plume, à l'encre bleue :

"J'avais besoin d'un grand repos, de toute façon. Dans un cercueil de bois, et au milieu des racines, je serai en bonne compagnie.

Il serait dommage que les arbres qu'il a fallu couper pour faire ces livres soient morts en vain. Offre-les à qui bon te semblera.

Tu connais la forêt qu'il me fut donné de planter. Je t'en lègue quelques graines."

Lablachère, septembre 2013.

CATALOGUE DU DOMAINE DU POSSIBLE

ÉDUCATION

... Et je ne suis jamais allé à l'école, André Stern, 2011.
La Ferme des enfants, Sophie Bouquet-Rabhi, 2011.
Ces écoles qui rendent nos enfants heureux, Antonella Verdiani, 2012.
Enseigner à vivre, Edgar Morin, 2014.
L'École du Colibri, Isabelle Peloux et Anne Lamy, 2014.
Libre pour apprendre, Peter Gray, 2016.
La paix ça s'apprend, David Van Reybrouck, 2016.
Jouer, André Stern, 2017.

ALIMENTATION

Manger local, Lionel Astruc et Cécile Cros, 2011.
Le Manuel de cuisine alternative, Gilles Daveau, 2014.
Plaisirs cuisinés ou poisons cachés, Gilles-Éric Séralini et Jérôme Douzelet, 2014.
À la recherche du pain vivant, Roland Feuillas et Jean-Philippe de Tonnac, 2017.

AGRICULTURE

L'Agriculture biologique pour nourrir l'humanité, Jacques Caplat, 2012.
Le Manuel des jardins agroécologiques, préface de Pierre Rabhi, 2012.
Permaculture, Perrine et Charles Hervé-Gruyer, 2014.

Changeons d'agriculture, Jacques Caplat, 2014.
L'Agroécologie, une éthique de vie, Pierre Rabhi, 2015.

ÉCONOMIE, MANAGEMENT ET POLITIQUE

Le Syndrome du poisson lune, Emmanuel Druon, 2015.
Équicoaching. L'intelligence émotionnelle au cœur de l'entreprise, Jean-Paul Bérard, Arnaud Camus et Laurence Flichy, 2016.
Écolonomie, Emmanuel Druon, 2016.
Le Pouvoir de faire, Jack Lang et Patrick Bouchain, 2016.
Le Revenu de base, Olivier Le Naire, 2017.
Ces maires qui changent tout, Mathieu Rivat, 2017.
L'Économie symbiotique, Isabelle Delannoy, 2017.

ÉNERGIE

Manifeste NégaWatt, Marc Jedliczka, Yves Marignac et Thierry Salomon, 2012.
Changeons d'énergies, Marc Jedliczka et Thierry Salomon, 2013.

INITIATIVES DE LA SOCIÉTÉ CIVILE

Éloge du génie créateur de la société civile, Pierre Rabhi, 2011.
(R)évolutions, Lionel Astruc, 2012.
Pierre Rabhi, semeur d'espoirs, Olivier Le Naire et Pierre Rabhi, 2013.
Vandana Shiva. Pour une désobéissance créatrice, Lionel Astruc, 2014.

Les Incroyables Comestibles, Pam Warhurst et Joanna Dobson, 2015.
Demain. Un monde nouveau en marche, Cyril Dion, 2015.
Le Pouvoir d'agir ensemble, ici et maintenant, Rob Hopkins et Lionel Astruc, 2015.

ÉCOLOGIE ET BIODIVERSITÉ
Du bon usage des arbres, Francis Hallé, 2011.
Plaidoyer pour l'herboristerie, Thierry Thévenin, 2013.
La Biodiversité, une chance, Sandrine Bélier et Gilles Luneau, 2013.
Earthforce, capitaine Paul Watson, 2015.
Arne Næss, penseur d'une écologie joyeuse, Mathilde Ramadier, 2017.
Le Syndrome de l'autruche, George Marshall, 2017.

NAISSANCE & PRÉPARATION
À L'ACCOUCHEMENT
Mère et père en devenir, Esther Wiedmer, 2015.
Pour une grossesse et une naissance heureuses, Magali Dieux, Patrice Van Eersel et Benoît Le Goëdec, 2015.

Ouvrage réalisé
par l'Atelier graphique Actes Sud
Achevé d'imprimer
en août 2021
par Normandie Roto Impression s.a.s.
61250 Lonrai
sur papier fabriqué à partir de bois provenant
de forêts gérées durablement
pour le compte
des éditions Actes Sud
Le Méjan
Place Nina-Berberova
13200 Arles

Dépôt légal
1re édition : octobre 2017

N° impr. : 2104156

(Imprimé en France)